AF356128

1900 Mai 29

R. VENTE

PEINTURES ET PASTELS

André SINET

HOTEL DROUOT SALLE N° 11
Le Mardi 29 Mai 1900

M° LÉON .... MOLINE

Le Lundi 28 Mai 1900   Le Mardi 29 Mai 1900

CATALOGUE

DE

PEINTURES ET PASTELS

PAR

André SINET

DONT LA VENTE AURA LIEU

HOTEL DROUOT, SALLE N° 11

Le Mardi 29 Mai 1900

à 3 heures 1/4

COMMISSAIRE-PRISEUR	EXPERT
Mᵉ LÉON TUAL	**M. L. MOLINE**
56, rue de la Victoire	20, rue Laffitte

EXPOSITIONS

PARTICULIÈRE	PUBLIQUE
Le Lundi 28 Mai 1900	**Le Mardi 29 Mai 1900**
de 1 h. 1/2 à 5 h. 1/2	de 1 h. 1/2 à 3 h.

*NOTA. — Le présent Catalogue servira de Carte d'entrée
à l'Exposition particulière.*

CONDITIONS DE LA VENTE

Elle sera faite au comptant.

Les acquéreurs payeront *cinq pour cent* en sus des prix d'adjudication.

L'exposition mettant le public à même de se rendre compte de l'état et de la nature des objets, aucune réclamation ne sera admise une fois l'adjudication prononcée.

Paris.—Imp. de l'Art, E. Moreau et Cie, r. de la Victoire, 41

André Sinet

Iles de rêve, vapeurs bleues, paysages aériens.

Avec les choses, André Sinet peint l'air qui les baigne, les souffles humides qui les enveloppent. Ces arbres sont vus dans un mirage. C'est la réalité ; mais avec du mystère. Une avenue fuit dans la brume légère, sous la poussière d'or du crépuscule parisien. C'est l'avenue des Champs-Élysées, mais enchantée, pleine de mystère et de poésie, avec des arbres fées.

Le plus souvent, comme dans l'*Après-midi d'Automne*, la *Matinée de Printemps*, le *Crépuscule parisien*, c'est une transposition ingénieuse de la nature, un passage heureux dans l'azur.

L'art de ce peintre est de saisir l'instant rare où le vrai glisse dans l'irréel, où les choses se meurent dans la suavité des couleurs flottantes.

Parfois aussi cet art est charmant
d'éclat, de grâce précise, et de fraîcheur :
Chaumière normande, Paysage d'été sont
tout revêtus de soleil et baignés de clarté.
La *Meule,* comme solitaire dans la paix
mélancolique d'un soir d'été, est d'une
beauté rustique qui a sa grandeur.

Des formes de femmes encore, élégantes et d'une grâce fragile : je citerai
le *Corset blanc,* une grisaille.

Et tout cela est plaisant à voir, doux,
limpide, caressant, d'un charme qui agit
par ce qu'il exprime et par ce qu'il rappelle. Car ces rêves de paysage sont si
naturels que nous y retrouvons les nôtres,
et que la peinture nous montre ce que
nous avions nous-mêmes entrevu aux
heures incertaines, près des eaux dormantes, quand de blanches vapeurs s'élevaient des prairies.

Cela est d'un artiste et d'un poète.

ANATOLE FRANCE.

(Extrait du *Temps* du 19 Mars 1900.)

CATALOGUE

1 — *Jeune Fille dans nn jardin.* Peinture.

2 — *Le Bras mort, à Chelles.* Peinture.

3 — *Le Goûter aux champs.* Pastel.

4 — *Crépuscule parisien.* Peinture.

5 — *Paysage d'été.* Peinture.

6 — *Soleil couchant sur la Marne.* Pastel.

7 — *Le Corset jaune.* Peinture.

8 — *L'Ile d'Amour, à Chelles.* Peinture.

9 — *Crépuscule du matin.* Peinture.

10 — *Paysage d'été.* Pastel.

11 — *Un Petit Bras de la Marne.* Peinture.

12 — *Le Corset blanc.* Peinture en grisaille.

13 — *Matinée de printemps.* Peinture.

14 — *Le Pêcheur.* Pastel et aquarelle.

14 bis — *La Bineuse d'asperges.* Pastel.

15 — *Le Bateau noir.* Pastel.

16 — *Le Soleil couchant*. Pastel.

17 — *La Meule*. Pastel.

18 — *Nocturne*. Pastel et aquarelle.

19 — *Baigneurs*. Peinture.

20 — *Une Belle Matinée*. Pastel.

20 bis — *Le Parc Monceau à l'automne*. Pastel.

21 — *Idylle*. Pastel.

22 — *Brouillard du soir*. Peinture.

23 — *Après-midi d'automne*. Pastel.

24 — *Les Saules*. Peinture.

25 — *Croquis de baigneuses*. Dessin rehaussé de pastel.

26 — *Arbres d'automne*. Pastel.

27 — *Matinée d'hiver, boulevard Malesherbes*. Pastel.

28 — *La Maison du Père Boulineau, à Chelles*. Pastel.

29 — *Glaneuse*. Pastel.

30 — *Croquis de laveuse*. Dessin rehaussé.

31 — *La Jeune Mère*. Pastel.

32 — *Un Ilot de la Marne*. Peinture.

33 — *La Piazzetta, à Venise.* Pastel.

34 — *Coucher de Soleil sur la Manche.* Peinture.

35 — *Le Torrent, à Sowther-Castle.* Pastel.

36 — *Le Coucher.* Pastel.

VENTE DU 29 MAI 1900

PASTELS
par SINET

APPARTENANT A M. X...

37 — *La Seine, à Saint-Cloud.*

38 — *Coucher de Soleil, à Ostende.*

39 — *Place Malesherbes, crépuscule.*

40 — *Lac Majeur.*

41 — *La Roche de Tibère, à Capri.*

42 — *Le Bineur.*

43 — *L'Enfant à la poupée.*

44 — *Le Baiser.*

45 — *Bords de Seine.*

46 — *Baie de Capri.*

47 — *Route de Nieuport.*

48 — *Les Jardins d'Hadrien, à Capri.*

49 — *Coucher de Soleil sur la Mer du Nord.*

50 — *Le Chandelier.*

51 — *En Yacht.*

Paris. — Imp. de l'Art, E. Moreau et Cie, 41, rue de la Victoire.

www.ingramcontent.com/pod-product-compliance
Lightning Source LLC
LaVergne TN
LVHW021620170726
843501LV00010B/4072